인생은 기다림의 여정

김정기 시집

'인생은 기다림의 여정'을 출간하며

밤하늘 별들이 잠들면 이슬 머금은 숲속 세상은 옅은 물안개 사잇길 어둠을 뚫고 찬란히 떠오르는 기나긴 기다림 속 새 희망을 등에 업고 여명을 기다리는 사람들. 삶 인생도 기다림의 여정 속 메마른 일상 촉촉한 단비를 그리듯 언제나 그 자리 누군가를 기다린다는 것. 겨울 찻집 커피 한 잔에 여유와 맛을 찾아 천리길 찾아드는 맛객처럼 기나긴 삶의 질곡에서 소소한 일상 매일 일기를 쓰듯 진솔한 삶의 모습들을 가식 없이 소박한 소재들로 채우려 했다.

(인생은 기다림의 여정) 세 번째 시집이 세상 빛을 보기까지 두려움과 설렘 속 힘든 과정도 많았지만 언제나 믿고 사랑해 주시는 많은 분들의 격려와 도움으로 여기까지 올 수 있었다.

부족한 글이지만 한 장 한 장 소중히 넘겨 주시고 삶의 여정 속 가슴에 따스한 기운을 잠시 길을 잃고 방황하실 때 저 멀리 반짝이는 등대불처럼 소중한 한 줄기 빛이 되시길 소망해 본다

수확에 기쁨을 얻기 위해 긴 인고의 기다림이 필요하듯 인생의 진정한 행복을 꿈꾸며 코로나19시대 억새풀처럼 갈대처럼 살아가야 하나 마음마저 흔들림 속 코로나19 조기종식과 국난극복을 기원하며 가족 사랑과 함께 사는 세상이 얼마나 소중하고 감사한 일인지 다시 한번 되돌아보게 된다

인생은 기다림의 여정
2021. 신축년 새희망을 꿈꾸며

• 목차

저자의 말

1부

코로나19와의
전쟁

코로나19와의 전쟁

세상은 고요 속 코로나19와
총성 없는 전쟁 중

질본청 지휘 속 의료진 봉사자
선봉장 되어 밀려드는 병마 환자들
죽음의 그림자와 사투를 벌인다

누군가 싸워야 하기에
본연의 자리에서 숨죽여
길을 가는 사람들

은혜와 감사 눈물은 잠시 접고
인간 승리를 위해 삶을 불사르는
당신이 있어 세상은
새 희망을 꿈꾸고

먼 훗날 전쟁이 종식되고
숭고한 그 사랑 하나하나
가슴에 자라나듯

이 시대 영웅으로 영원히 함께
기억되어 빛 나리라

마스크 한 장

전쟁통 피난민의 끝없는 줄처럼
마스크 한 장 찾아 방황하는 사람들

긴 기다림의 여정
살기 위한 몸부림인가

보이지 않는 바이러스 공포 속
입과 입을 봉한 채
쇼윈도 마네킹처럼
웃음조차 사라진지 오래

돌고 돌아 마스크 한 장
받아들고 어디론가 사라지는
이름 모를 또 다른 사람들

그들 속 내 그림자도
숨을 쉬고 있었다.

하우스 꽃

산천초목 꽃 피고
젖 물린 어미처럼
벌 나비 꿀을 딴다

계절에 밀려 꽃피운
하우스 꽃들은
주인을 찾지 못하고
불길 속 짧은 생을 마감한다

자식 눈에 눈물 나면
부모 가슴엔 피눈물 나듯

자식처럼 정 주고 사랑으로
키워온 님. 꽃으로 피지 못한 채

농심도 어쩔 수 없이
애타는 가슴 비켜가지 못한
코로나19의 역습
아— 애 슬퍼라—

수호 천사

2차 대전에 비할까
먼 동행길 모녀 사랑 이야기

딸은 어미를 의지하고
어미는 딸을 격려하며
헌신에 헌신을 희생이 되고
선 후배 한길을 가는 동료로
밀고 당기며 눈빛으로
두 마음 감싸 안고

하늘이 내린 천사에 모습이
이보다 고울까

가슴속 밀려드는
감사의 눈물
모든 이 마음 적신다

일상의 행복

재 너머 아지랑 두 손 흔들고
바람 구름 함께 거닐던 꽃길도
숨 한번 곱게 내쉴 수 없는 세상

막걸리 한잔 부딪치는 소리
그 웃음소리 그리워

떡볶이 사장님 옛 동무...
돌돌 말아놓은 김밥말이 속
못다 한 이야기

그 소소한 일상 행복 속
더 큰 행복이 꿈꾸고 있음을
조금은 알 것 같은
진한 그리움 하나

불황의 끝

한적한 골목길 한숨소리
바람 타고 메아리친다

무언행 수행에 잠긴 듯
모두 생각에 잠기고

IMF보다 타들어가는 골진 가슴
코로나19 깊은 늪에 빠져
삶의 중심마저 잃은 사람들

오늘도
먼 하늘만 붙잡고
이 힘든 불황에 끝을

기다리고 기다리며 빈 가게를
배회하는 사람 사람들
빈 가슴 끌어안는다

만남(다 좋은데)

보고 싶고 만나고 싶고
다 좋은데 다 좋은데

양희은 아침이슬 조항조 때
노래 가랏 흘러나온다

가족 연인 친구
함께하는 여정에 동행길
다 좋은데 다 좋은데

마스크 넘어 마음만은
정 나누며 변치 말자 그 약속
다 좋은데 다 좋은데

고놈 코로나19 질투 땜
내 마음도 그네처럼 흔들거린다
다 좋은데 다 좋은데

일상

담쟁이넝쿨 사이 나팔꽃
오늘따라 활짝 웃고 있는데
마주 보고 정 웃음 나누던 그 시절 그리워

입과 입을 봉한 채 멀어진 거리만큼
마음만은 함께 하자고
참 많이도 달라진 세상

누군가
내 손길 기다리는 당신이 계신 그곳으로
마음 끈 단단히 묶고
달려가는 사람들

절규 속 또 다른 희망이다

함께 사는 세상

겨울 햇살 가슴 열어
세상 품는다

너무 달라진 풍경 속
움추린 마음은
외줄타기를 하듯 중심을 잡고

빈 뜰 허수아비 얼굴처럼
마스크 한 장속 숨어버린 사람들

마음만은 서로 감싸 안고
함께 가는 세상

삶 인생도 아픔을 견뎌야
새 살이 돋듯 기다려야 기다려야

나 억새풀처럼 갈대처럼
살아야 하나
내 마음도 흔들거린다

그날이

긴 겨울 벌통 속 벌들처럼
창살 없는 감방 속 갇힌 사람들

소소한 일상 그 모든 것이
꽃비 되어 내리는데
마음에 문마저 닫아건 세상 앞에

얼마나 세월이 지나야
창문열고 외쳐 본다

그 옛날 그날이
그리워진다고

종식

눈물보다 진한 흠뻑 젖은 땀
옷자락 스며 무지개 피면

밝은 세상 희망의 끈 붙잡고
함께 가는 인생 여정길

계절은 하얀 목련 속살
보일 듯 보일 듯 님오는 길목
웃고 서 있는데

보이지 않는 코로나19의 긴 겨울지나
그날이 오면

우리 함께 승리의 축배를
들자던 그 약속 잊으셨나요

온다 온다
새날은 온다

2부

기다림의
여정

새 생명

단기(4300) 정미년 칠월 스무사흘
여명이 틀 무렵 세상 처음 눈뜨던 날

작은 우주 속 홀로 떠돌다
당신 품 자양분만 먹고
십수월 살고 지고 살다가

그 얼마나 기다리고 기다리던
환희 속 세상 밖인가

불타는 태양 영원히 함께 할
희망의 빛 등불이라

새 생명 탄생은
긴 기다림의 여정 속
또 다른 삶의 시작을 고하고

진주에 비할까
그 무엇에 비할까
축복의 꽃비 내린다

봄 맞이

돌담 사이 하늬바람 불어오면
농부의 손끝은 기다렸다는 듯
올곧은 가지만을 남기고
봄꽃을 맞이하려
아픔을 덜어낸다

이참에
마음속 흩어져 자리 잡은
과욕의 가지들도 미련 없이 도려내고

흐르는 눈물 속 또 다른 눈물을 곱씹으며
비워야 더 많은 것을 채울 수 있음을
일깨운다

저 멀리 푸른 언덕 아지랑 손 흔들고
팝콘처럼 톡톡 튀는 만개한 꽃들이
콧등을 자극하며 봄은 벌써 저만치
내일의 꿈을 꾸고 있었다.

포도원

바람 타고 차량들 흘러간다
내 할 일 하면서 포도알처럼
붉어진 눈동자 힐끔힐끔
세상 밖 주시하고

기다림일까 그리움일까
마음으로 오가는 사람 부르면

약속이나 한 듯
깜박이는 두 눈 마주하고

첫사랑보다 향큼한
포도 한입 살그시 물고
웃음 짓는 포도원 사람들
삶 인생 행복이란다

거미의 삶

바둑판처럼 새집을 짓고
바람이 지나는 길목

대자연에 순응하며
먹이사슬처럼 누군가
기다리는 거미의 삶

늪에 빠진 사슴처럼
잠자리 한 마리 들어
깊은 흔적만 남기고
날아버린 상흔들

그저 살기 위한 살기 위한
기나긴 기다림의
여정일 뿐–.

긴 줄

늘어진 연줄처럼
인산인해 인꽃이 피었다

기다리고 기다림에
수많은 소리 없는 아우성

누구도 범할 수 없는
높낮이 없는 그 문턱 하나
화장실 앞 서성이며

언제쯤 세월 지나야
꽃 피는 봄 오려나
온몸을 움켜잡는다

봄소식

긴 잠 깨어난 양지뜸
아지랑 피고 풀잎 돋는
소리 들린다

기다리고 기다려야
새 생명도 눈을 뜨고
새론 진리를 일깨우듯

주워진 삶 끌어안고
버들피리 부는 날이면

봄 오는 길목
님 그리듯
예쁜 사랑 꿈꾼다

마중물

생명수 한 사발 마중물 붓고
젖 먹던 힘껏 펌프질 한다

빈 수레 요란하듯 헛바람 소리
얼굴에 맺힌 땀 한 방울
마중물 되어 땅속 깊은 곳
수맥 찾아 물을 당긴다

고귀한 생명수를 얻기 위한
긴 기다림의 시간들

마중물 한줌 강물 되어
바다로 바다로 흐른다

해 오름

지평선 너머 여명이 트면
만물은 눈을 뜬다

태양계 주인처럼
아픔을 치유하는
어머니 마음 닮은
가슴 열어 세상 보듬고

일식이 들면 구름 가인
태양빛 휴식을 고하듯

첫날 아침
해오름 기다리며
새 희망 꿈 가득 품고
산을 오르는 산 사람들...

맞선

첫 만남 설렘 속
가슴에 불을 지핀다

거울 속 내 모습
왠지 낯설다

붉어진 얼굴 마른 입술
가뭄 속 붕어 떼처럼 물만 드리우고

파도가 지난 자리
그날처럼 흔적도 없이
상상 속 그렸다 지웠다

처음도 아닌데
귀인을 그리듯

마음의 끈을
다시 한번 단단히 묶는다

식당

순번을 받고 긴 기다림 시간
빈자리 한켠 앉으니 훈기가 살아있다

어머니 손맛 사랑 행복 가득
입안 녹아들면

처음처럼 다스한 입김 흘려놓고
자리를 비우고

또 다른
누군가를 위해
정 하나 남긴다

동지

동지섣달 기나긴 밤
길 잃은 기러기떼
벗 찾아 날아들면

구름 속 달빛 가이듯
이슬 꽃비 되어
내게 입맞춤하고

기나긴 동지섣달
살겨운 햇살 맞으며
꿈속일랑 님 찾아

홀로 가는
긴 – 밤이여

안개길

집으로 가는 길
안개비 자욱
세상 삼켜버렸네

태양이 눈뜨면 길 터주마
그 약속
알 품는 어미새처럼
종일 한 세상 품고

부표 없는 대로길
심신에 몸을 맡긴 채
한 길을 간다

내 맘속 등불 하나 켜고
눈 감고 가는 길

나만 기다리는
당신이 계신 곳
행복의 그 길을―

상점들

칠흑 같은 어스름 내리면, 네온사인 춤사위
어릿광대 줄타기하네

제천커피교육학원 필리스닝... 고향
이름은 달라도 바람은 하나
오가는 사람 부른다

어느 날은 만석이라 웃고
오늘은 공석이라 헛웃음 짓지만

속마음 열어 자기만의 색깔로
함께 가는 인생길

내일은
더 높은 꿈 희망
그리움 하나 품는다.

그 한사람

영롱한 이슬처럼 맑은 영혼을
가진 그 한사람

함께 있어도
그대가 그리워 지는 건

마음속 숨 쉬는
그리움인가 사랑인가

먼동이 트면
제일 먼저 만나고픈

그 한사람
생각난다
보고파진다

그 옛날

그 옛날 청운 빛 꿈 찾아
달빛 벗 삼아 돌아가는 길

귀에 익은 밤부엉소리
온몸이 숯덩이로
타들어갈 때

여울목 돌아 반딧불 형상처럼
희미한 손전등 하나

어둠 속 한줄기 등대불 되어
마음 쓸어내리면

긴 여정의 끝자락
어머니 마음 닮은
그날이 그리워진다

봄소풍

꿈속 여행길
풍선처럼 부푼 가슴 안고
잠 못 드는 밤

모두가 기다리던
그날이 오면
계란 몇 개 인생 꿈 사랑 가득
말아놓은 김밥 한 줄 보듬고

날다람쥐 먹이 찾아 날 듯
보물 찾아 숲 헤집던 기억

바람 구름도 쉬어가는
가장 높은 곳
세월에 봄날은
그렇게 희미한 기억 속 흘러간다

바둥이

찬이슬 보듬고
언제나 그 자리

알 품은 어미새처럼
종일 도로 한 켠 웅크린 채
어느 님 기다리시나

오늘도
나만 바라보는
어머니 마음처럼

많이도 닮은 그곳
말없이 스쳐 지날 때면
마음이 마음이 아리다

낚시

낚싯줄 띄워놓고 햇살 벗 삼아
바람 물소리 낚는다

너울 속 파노라마처럼
무엇을 채우려 이곳까지 왔는지

하늘만 보고 달려온
인생 여정 길...

소소한 삶의 행복들이
한가득 올라오길 고대하며

지금에 저 작은 흔들림
솔바람 춤추는 송사리떼
울고 간 눈물방울 끝자락

눈을 감고 기다려본다
내 맘속 큰 그림을...

비상

내생 가장 높은
비상을 준비한다

가슴 깊은 곳 샘솟는
저 언덕 너머 펼쳐질
또 다른 세상
그래도
비상을 한다는 것은
고행길이라도
사나이라면 여장부라면

더 큰 행복 찾아 떠나는
인생 여정 길

미스트롯 열풍

삶의 방향도 잃어버린 코로나 세상
웃고 울며 만들어가는 열광의 환희
광란의 밤을 즐기려는 사람들.

자기만의 방식과 색깔로 옷을 갈아입고
득음을 하듯 피를 토해 열창을 한다.

별 중 별이 된 미스트롯 송가인, 정미애. 홍자...
미스터 열풍 속 마음 흔들어 놓고
임영웅, 영탁, 이찬원 작은 별 하나 정동원..

미스터트롯 2, 양지은,홍지윤....
내 고향 진천 샛별미 김다현
이름처럼 별이 된 별사랑
트롯 신이 떴다 혜성같이 반짝이는 진해성
삶과 얼 노래에 가득 싣고
미래로 세계로 별이 되어
온 누리 빛 밝히면

잔잔한 선율 속 서로 마음을 나누며
미풍을 타고 향원에 가슴 적신다

커피숍

즐비하게 늘어진 상점 사이
커피향 콧등을 휘감고 날아든다

에스프레소 커피라떼 바닐라향..
주인인 듯 연인처럼 창가에 기대 한 잔의 여유

커피는 삶에 원동력이요
인생에 결정체라

그 누가 말했던가?

아침을 깨우는 신이 내린 선물 속
일상의 쉼표라고

좁은 골목 돌아돌아
커피 볶는 핸드드립 집 앞

기다리고 기다린다
한잔 찻잔 속 삶 인생
행복이 녹아들어 남실거린다

묵집

맛 찾아 떠나는 여행
꽃가마 타고 가는 행복의 길

옛 고향 두메산골
날다람쥐 먹고 남은 도토리 주워
어머니가 해주시던 묵 한 사발

꽃바람 입맛 따라 방방곡곡
구름처럼 밀려드는 맛객들

수십 년 손맛 내공에
사랑 가득 행복 듬북
어느 산골 작은 묵집

지금도 계실까
오늘따라 그 맛
그리워진다

구세군

저녁놀 꼬리를 물고
어스름 밀려오면
구세군 종소리 메아리 되어
광장 속 울려퍼진다

서쪽 새 울음소리
지친 마음 달래주듯
함께하자던 그 약속

오가는 사람 애써 웃음 짓고
보이지 않는 아픔이 스멀스멀
싸늘한 세상 앞에

누군가
그 누구를 기다리는
이름 없는 희망의 천사들
사랑사랑 감사에 노래 부른다

그리움(1)

그대 떠난 지 몇해던가

기다리란 말 한마디 전하지 못하고
가슴엔 빈 허울만 남아

강 건너 마주 서 있는
반세기 세월 지난 지금

야생에 길들여진 야생마처럼
붉은 가슴 끌어안고
그리움 찾아 떠나는 길

내 생 더 이상 표류는 없다고
마음속 부표하나 던진다

그리움(2)

홍시 같은 얼굴
그리도 고운 님

빈 허울만 가슴에 묻고
돌아오던 날

거울 앞 홀로 남겨진
옛-그림자 하나

떠난 님 그리워
가슴속 차곡차곡
쌓아둔 채 고히 잠든 님

3부

사는 것
쉬운 일
아녀

사는 것 쉬운 일 아녀

동트면 새 울고 세월에 먼지 쌓이듯
구름 바람 따라 아침이슬 햇살 품고 사노라면
사는 것 쉬운 일 아녀

그날이 그날 같아도
종일 밑빠진 독 물 채우듯
무엇이 그리 끝이 없는지
사는 것 쉬운 일 아녀

삼시 세끼 먹고 나면
아침해 노을 진다지만
결혼해 자식 낳고 살아보렴
얼마나 자리가 나는 줄 알아
사는 것 쉬운 일 아녀

모른다 느그들은 몰라
지난 세월 무엇을 하고 살아왔는지
사는 것 쉬운 일 아녀
증말여 어머니 말씀처럼
사는 것 쉬운 일 아녀

세월(1)

긴 세월 잘도 견뎌 왔는데
바람에 흔들리는 갈대처럼
마음마저 춤추면 어찌하리

보이지 않는 무명의 끈을 잡고
오뚝이처럼 살아온 긴 세월

오늘도
빈 뜰 홀로 지키는 허수아비
가는 세월 누굴 기다리시나

세월(2)

황금빛 들녘 세월 잃은
허수아비 고즈넉히 잠든 사이

구름마차 지난 자리
집채보다 큰 눈사람
하나둘 둥지를 튼다

계질은 낙엽 지는 소리에
마음도 단풍처럼 곱게 곱게
물들어 가고

삶 인생 세월도
그렇게 그렇게
함께 익어 갈 수 있다면
얼마나 행복할까

살그시 눈을 감고
오시는 님 기다려본다

세월(3)

인생 물 흐르듯 구름 가듯
어디로 흘러가는가

가끔 붉은 햇살 맞으며
꽃향기 품고
함께 가는 길이면 좋으련만

당신이 가는 곳 어디매뇨
무엇이 그리 바빠서
번개처럼 무지개 사라지듯

무엇이 그리 바빠서−
혼자나 가시던가

무상무념

닫아진 내 삶 일깨우려
마음에 문 열어
수많은 뇌리 속 영상들 허공 속
날려보내고

어림을 동경하는 속내음
날 숨기려 살기 위한 외침

호수 속 조약돌 튕기며
원형 속 그려진 세상처럼
마음의 문을 키운다

그래 살자살자
다시 잘 살아 보겠노라고

방콕

비듬 조각처럼 망상들
뇌리 속 기어다닌다

초침 잃은 시곗바늘
중심마저 잃고
세상 바로잡기 한창이다

멍석말이한 이부자리
엉켜버린 마음속 실타래
처음과 끝도 없어
혼자 나뒹굴고
석양빛 칠흑 같은 노을 찾아들면

내일은
꿈 소망 가득 품고
새 세상 맞으리

채질(까불다가)

뜰 앞 한 농부가
까불다가 까불다가

실바람 타고 쉬러 간사이
참새떼 날아 알곡만 쪼아먹고
빈 껍질 수북 쌓아 놓았네

까불다가 까불다가
날다람쥐 지나간 자리
알곡 한 입 가득 입에 물고
빈 허울만 산 높이 풀어놓고

그렇게 그렇게
까불다가 까불다가
청춘도 세월도 인생도
노을 지고

그렇게 그렇게
까불다가 까불다가
사랑하는 님도 세월도 떠나보내고

까불다가 까불다가

가보세

가세 그래 가보세
용광로 불길 끌어않고
지평선 너머 꿈 사랑 찾아

세상 어느 하늘 아래
홀로 남겨져 방황할 때

당신이 계신 곳이라면
고난의 길이라도
가보세 가보세 함께 가보세

잠

바다처럼 너른 거실 돌돌 품고
밤샘 헤엄치듯 뒹굴다
새벽 잠드신 어머니

아침 해님 창가 누워
노크하듯 지나는 나그네
문 열어 주지 마오

그대 야속타 말고
오늘만은 되돌아 가오
내 어머니 꿀잠 깨우실라

울 엄마

6.25 화마가 끝날 무렵
부모 형제 길 떠나온 지 70년 세월
동산 올라 먼 하늘 보며
빈 가슴 애태우시던 울 엄마

그 옛날 외할아버지
새벽이슬 맞으며 선달산 가시면
달빛 벗 삼아 집 찾아드시고

한 삽 두 삽 구슬땀 목마름 채우시고
한 평 두 평 늘어나는 따비답사랑

그 얼마나 그리움 달래며
살아온 세월인가

지금도 고향 향수보다
자식 바라기로 살아가시는
하늘 같은 그 사랑
감사에 눈물이 난다

어머니의 강

꽃다운 스무 살 비단 몇 필
품에 안고 집 떠나오던 날

강 건너 잘 살아라 손 흔들며
눈물 훔치시던 그 모습

초승 달빛 영산강 내려앉으면
남몰래 흐르는 눈물
가슴속 담아 두었네

굴곡진 빛바랜 사진 속
파노라마처럼 긴 여정의 삶

가슴속 남겨둔
그 눈물 그리움 가득
영산강 흘러 흘러
바다로 넘쳐흐른다

어머니의 기도

정월대보름 정안수 올려놓고
자식 걱정 빌고 비시던 어머니

그 고운 정성 달님은 아실까
그 깊은 사랑 별님은 아실까

마른하늘 달덩이 정안수안
빨려 들면 별똥별
한천수 속 춤추고

그날 함께하던 그 사랑
지금 당신은 어디 가고

이 홀로 그날에
그리움 그려봅니다

아버지 인생

새벽이슬 맞으며
집 떠나온지 몇해던가

내 인생 접어두고
아버지란 이름으로
운명처럼 내 길을 간다

꿈속일랑 그리운 내 가족들
오늘도 행복 찾아 그날을 위해
하루가 간다

아버지 치부책

삶의 티끌을 보듬어
생에 길을 트는
아버지 치부책

어둠이 내리면
(...사월 이십일 벼 심기...)란
깨알 같은 글씨와 함께
작은 역사가 시작되는 곳

(... 거름 펴기 ...)

이랑을 타고 칠흑 같은 거름 덩이와
그을린 땀 대지를 적시면
당신과 난 하나가 됩니다

(...담배 심기...)

아침이슬 흠뻑 머금고
어미 품 떠나가듯
새 삶 찾아드는 여린 새싹들

하얀 하늘이 열리고
흙을 돋을 때면 당신과 난
새 이불을 덮고 새 세상 꿈꾼다

두둑 쌓기

당신께서 소를 끌고 지난 자리
이랑과 이랑사이
골 따라 두둑이 생기고

이려 이려 조조조...
일러러 일러러..
힘 돋는 소리

어미소 옆 철없이 뛰노는
송아지 모습에 대지는
가을 풍성함으로
차오르고 있었다

아버지

고추 한 자루 등짐 매고 장에 가신 아버지
노을 지고 달빛 창 드리운데 소식 없고

여름 볕 흘린 땀 막걸리 한 대접
넘쳐 흘러도 깊은 숲
겹겹 쌓여가는 자양분처럼
자식 바라기로 살아오신 세월

고무신 한 짝 옷 한 벌
세상 다 얻은 듯 행복한 그 시절
생각나는 밤이면

그리운 내 아버지

보고픈 진한 그리움 하나

독거노인

지난 세월 자국마다
고독에 쌓인 노을처럼
생명에 불 당긴다

입안 가득 담배연기
구름 속 흩어져
남은 삶의 끈을 잡고

내일이면
당신의 말 버릇처럼
저 하늘 누군가
날 배회하듯

잊지 않고 찾아준 님 있어
그래도 행복했노라
주름진 얼굴에 웃음 짓는다.

인생 1

인생은 삶의 긴 여정 속
꿈, 행복 찾아 부표 없이 떠돌다

사는 곳은 달라도
옛 고향 찾아드는
연어 떼처럼 살다가 살다가

구름처럼 바람 타고
마음의 둥지 찾아

고향으로 돌아가는
외로운 나그네

달빛 벗 삼아
함께 가는 그림자 하나

인생 2

이 힘든 시간 세월이 약이라
긴 기다림의 여정 속
아픈 기억들

삶의 중심도 없이
대서양 한가운데
홀로 바람에 의지한 채
자유를 사랑했었네

그날이 그날이라
가는 세월 잊은 채
바람 불면 부는 대로
갈대처럼 구름처럼 자유론 영혼으로
살아온 인생

어디로 가고 있는 것인가
아무런 대답이 없다

인생 여정

흐르는 강물 벗 삼아 떠도는 구름처럼
노을 지는 황혼 길 인생 뒤돌아 보면
수많은 인연들 파노라마처럼
뇌리 속 스멀거리다

짝을 찾아 날아간 빈 둥지
마음 한구석 그려진 여백에 그림자
행복이란 두 글자가 왠지 낯설게
가슴속 남아든 빈자리

이제부터 시작이다
백세시대 남은 인생
아름다운 세상 인생 여정
알차게 다시 채워 보련다

지팡이

내 심장 박동 속
시계 초침처럼
내딛는 소리

모진 세월 지팡이 기대
살아오신 삶의 여정 길

당신께서 지내온
삶의 무게만큼
깊이 주름진 눈도장처럼

생에 메아리로
다시 들려오는 그 소리
지팡이 내딛는 소리

울림(1)

부엉이 울어울어 잠들면
새근히 잠든 님 깨우실까
어디서 찾아드는 밤에 소리여

아픔은 밀물처럼
꿈속까지 들려오는 자장가 소리에
나는 그만 울고 말았네

오는 같은 밤이면
울고만 싶어 울고만 싶어
님 그리워..

울림(2)

귀뚜라미 짝 찾아 우는 밤
굴곡진 삶의 여정
언제나 그 마음
한숨소리 울린다.
오늘도 천근만근 아픈 몸 이끌고
저 고개 아리랑 길 넘나들며
부르시던 노랫가락처럼
밤마다 들려오는 그 소리
세상 가장 슬픈 곡조로
귀전 메아리 되어
서쪽 새도 잠들고
새날을 맞는다.
아이구 아이구 아이구.....

농군

농군은 인생 기다림 속
자연과 동화되어 행복 찾아가는
여정의 삶

한 폭 그림 속 한 땀 한 땀
대지를 젖시듯

한 올 한 올 새 생명
알곡으로 잉태시켜

대대손손 농군의 삶은
인간의 근간이자 뿌리요
원초적 수행에 길이다

일기장

반세기 삶의 여정 멸치 떼처럼
일기장 속 꿈들 거린다

새해 첫날 언제나 마음 다잡고
행복찾아 꿈 희망 그려놓고

힘차게 달려온 하루
뒤돌아 볼 시간

하얀 백지 여백 위
진한 점 하나 찍고

나만의 세상
보석보다 귀한
인생의 기록을
품는다

4부

꽃향기 지는 날

꽃향기 지는 날

꽃향기 지는 날
벌 나비 날아와
울고 간 자국
지금도
내 맘속 살아 숨 쉰다

함박 피고 지는 짧은 생
그 무엇 닮아
욕 부리는 작은 허세

꽃향기 지는 날
푸른 향내 돋는데
벌 나비 찾지 않는
그 속내를 몰라라

새해

여백에 둥지 채우지 못하고
빈 허울만 넘긴다

말없이 흐르는 시간
어둠 속 긴 터널 중심도 없이
갇혀버린 시간들

새해
하얀 백지 위
행복한 알곡으로
가득가득 채워 보련다

소망

뜰 앞 장미꽃 피우듯
고운 꿈 태우리

느리면 느린 대로
모자라면 모자란 대로

그네들이 잠든 밤
쉼 없이 달려가리

아프면 아픈 만큼
진주보다 어여쁜
소망 하나 맺으리

가을산

붉은 옷 갈아입고
산자락 인산인해
인꽃이 피면

여느 유명 화폭 그려진
그림에 비할까
자기만의 빛깔로
세상 품는다

산 사람 자연 속 동화되어
새로운 비상을 꿈꾸며
마음속 여백을 채우려
산을 오르고 오르는 사람들

가을 산은 그렇게 그렇게
옷을 벗고 겨울을 맞는다

첫사랑

가슴속 몰래 들어
내 마음 훔쳐 간 사람

애기단풍 무지개빛 동산
손잡고 거닐던 어느 고운 님

혼자 그리워하다
미워도 해보고
그것이 사랑인가

솜사탕 입안 가득 녹아들 듯
아름다운 기억 속 그리움 하나

이것이 핑크빛 첫사랑인 줄
이제 알았네―

믿음

어두운 긴 터널 외로움에 허덕일 때
제일 먼저 손 내어준 당신

마음속 제일 깊은 곳
무언에 말씀처럼
함께할 당신이 있어

기다리고 기다리면
좋은 날 오리라 그 말씀

가슴에 품고 사는
어린양입니다

양지뜸

뽀롱이 삘기 움트는 양지뜸
때늦은 흰 눈이 내려앉아

아침햇살 눈뜨면
미소 짓는 아지랑 너머
함북 소슬비 내리면

굶주린 새들은 하늘 저켠
양지뜸 찾아 배회하다
배뚝배뚝
꿈이 익어요

대머리

세월의 짐인가 삶의 훈장인가
표주박처럼 주변머리마저
하얀 목련꽃 피는 계절이 오면

황혼길 접어든 세월의 강
가발 속 대머리 바람날면

한바탕 웃음 짓던 친구여
마음속 상흔만은 남기지 마오

봄이 오면 꽃 피고 가을 지면
단풍 들어 낙엽 지듯
삶 인생도 세월 가면 그러하다오

당신과 난 쌍두마차 인생길
무한질주 달려보는 거야
긴 머리 휘날리며
그날을 그리워하며...

이 밤에

이 밤바람은 무엇을 찾아
긴 밤 지새우고

달리는 차량 찬이슬 등에 업고
어디 그리 달리는지...

나는 성냥갑 같은
구겨진 방 홀로
꿈을 낚는 어부

무엇을 위해 잠 못 이뤄 하는지
당신은 아십니까
이 밤에

밤꽃

백 년 길 밤나무 한그루
온천지 끌어안고
꽃 피었네

사랑하는 님 있어
한 아름 보듬고
꽃향기 담는다

이 마음 아실까
그 님은···

별 보며

별이 흩어져 운다
가슴 가슴 자국하나 남기려

열린 창
흐느낌 소리

여름날 반딧불 형상처럼
반짝임에 전율로
마음 하나 훔친다

아름다움

당신 손끝 곱게 물든 봉숭아 물결
향수 찾아 벌 나비 날아들면

돋보기안경 넘어 담은 세상
수많은 삶 파노라마처럼
그리움 하나 떠돈다

황혼처럼 곱게 물든
가을 단풍 아래
두 손 마주 잡고 바라보며

지난날
참 아름다운 세상이었노라
말할 수 있는 삶 인생 찾아
세상 곱게 곱게 살리라

뜬 밤

한뼘거리 불빛
눈가 드려않아
잠든 영혼 깨운다

하늘엔 암성한 별
부서져 내리고

새털구름 밀려와
달과 입맞춤하면

가슴츠레한 이 밤
한낮 개개비
혼자 울고 있었다

매미소리

여름 볕 불지르고
느티나무 그늘 잎새 안겨
내 잠든 영혼 뇌리 속
헤집고 들어 생에
찬미를 노래한다

어디선가 들려오는 그 소리
전화벨 소리 울리면
자연이 들려주는
소리만 못한 것은

그 누구도 풀 수 없는
세상 순리인가 하노라

야근

석양빛 노을 가슴에 품고
달과 별 사랑 나누며
함께 가는 인생길

어둠에 긴 터널 같은 기나긴 밤
여명이 찾아들면

이슬방울 모아 모아 목축이고
밤새 그을린
얼굴마저 씻어 내린다

무지개

소내기 지나간 하늘 저편
여운에 발자욱
그리워라

아기 선녀 내려와
무지개 언덕 너머 놀던 사이길

사랑하는 님 두 손 잡고
저 다리 건너봤으면

물오른 갯여울가 오색 낙엽
한 잎 띄워 보낸다
님 그리워

보름달

정월보름 석류꽃잎술
벌어지듯 달이 차오르면

장독대 떡 한 시루
정안수 올려놓고
가족건강 행복 무병장수
빌고 비시는 어머니 사랑

달빛 창 온누리 여명 찾아 들 듯
그 누구 맞으려
꽃마차를 부른다

손수건

하얀 손수건 고이 접어
수많은 땀 눈물 훔치시며
지내온 여정의 세월

빛바랜 빨간 봉숭아 물로
꽃 피웠네

한참 바라보다
무너진 내 안의 눈물
참지 못하고 다시 꺼내든
하얀 손수건
하얀 손수건

복사골

복사골 정기 받아
삶이 태동하는 곳

천사들의 웃음소리
사랑 속삭이는 연인들

땅거미 지고 제자리 찾아든 시간
홀로 쏟아지는 별 끌어안고
은하수 저켠 손 흔들면

밤바람 낙엽 한 닢
가을밤 깊어만 가고
고향 고향이 그립구나

청운의 꿈

청운의 꿈 찾아
밤이슬 끌어안고
생에 담금질한다

달랑 맨 가방 속
눈물로 빚어놓은 여운
내일의 꿈 약속이나 한 듯

소슬비 내리는 밤비 맞으며
꿈 희망 흩어져 운다

당신은

때가 되면 돌아오마
부서지는 포말처럼
그 약속

사랑한다 그 한마디
기다리란 말만 남기고
떠난 당신

오늘도
바람이 들려주는 그 소리
귀전에 맴돌고

마음은
그리움 하나 가슴에 품고
먼 하늘만 배회하고 있다

아이들아

사랑하는 세상 아이들아
인생길 걷다 보면 꽃길도
힘든 날도 찾아 오려니

세월 풍파 흔들리지 말고
늘 푸른 만지송처럼
만 가지 꿈을 꾸며
세상 빛이 되어라

너희가 힘들고 지칠 때
어둠 밝혀주는 등불이 되고

너희가 행복에 웃음질 때
함께 춤추는 어릿광대가 되리

사랑하는 호경 대경 태경..
세상 모든 아이들아

맑고 밝은 세상에서
고운 꿈 사랑만 받고
세상 주인이 되어
꽃길만 걸어라

인생 새옹지마

인생 새옹지마
가는 세월 못 잊어
울고가는 저 세월아

혼자 가는 저 세월
무슨 미련 남아
소리 내 울지 못하고

잡을 수 없는 짧은 인생
웃으며 살아 봐야지

인생 새옹지마
스치는 바람이련가

인생 새옹지마
춤추는 구름이련가
인생 새옹지마
인생 새옹지마

비를 맞고 걸었다

(1)
젖 물린 어미처럼 마른 여린 잎 품고
목마른 이 위해 내리는 환희

겉옷 적시며 뼛속까지
잦아드는 작은 고독의 밤이여

여인네 치맛자락 젖을까
색동우산 무지개 오르면

엄마가 불려놓은 미역처럼
몸과 마음은 만신창 되어
오뚝이처럼 이름 없는
나그네로 살고 싶었다

(2)
얼마나 걸어왔는지
아무런 기억도 없이

꿈속까지 들려오는 무언에 소리
개울가 여울목 지날 때
살그시 잠겨오는
물보라빛 여운이여

(3)
끓는 물에 국수가락 드리우듯
질벅한 땅속 온몸이 젖어들면

부슬비 내리는 안개속
푸른 잎 술 사이로 미끄러져
내리는 옥구슬 하나

소쩍새 슬다못해
비를 뿌린다

(4)
한 방울 터트리면 사랑이
두 방울 터트리면 기쁨이
셋 방울 터트리면 행복이
열 방울 터트리면 졸음이 밀려오고

마지막 남은 하나를 남긴 채
잠이 들었나 하나를 터트리면−

무엇이라 말을 할까
남몰래 들추워 본다

5부

시와 음악의
만남

호수가 홀로 앉아서

호숫가에 홀로 앉아서 그대를 그려 봅니다
너울 속에 일렁이는 수많은 사연들
그대가 들려주던 사랑 이야기
지금도 귀가에 아른거리네
지금도 당신은 꿈을 꾸고 계시나요
호숫가 홀로 앉아서
호숫가 홀로 앉아서
지금도 당신은 꿈을 꾸고 계시나요
호숫가 홀로 앉아서
호숫가에 홀로 앉아서

너울 속에 일렁이는 수많은 사연들
그대가 들려주던 사랑 이야기
지금도 눈가에 아른거리네
지금도 당신은 꿈을 꾸고 계시나요
호숫가 홀로 앉아서
호숫가에 홀로 앉아서
지금도 당신은 꿈을 꾸고 계시나요
호숫가 홀로 앉아서
호숫가에 홀로 앉아서
호숫가에 홀로 앉아서

집 떠나 오던 날

소리 없이 내리는 봄비 맞으며
집 떠나 오던 날 저 멀리서 두 손 흔들며
금의환향 빌던 어머니
난 알아요 나는 알아요 당신에 그 마음을
난 알아요 나는 알아요 당신에 그 사랑을
이제는 울지 마세요 울지 마세요
금의환향하오리다
무병장수하옵소서

소리 없이 내리는 눈을 맞으며
집 떠나오던 날 저 멀리서 두 손 흔들며
금의환향 빌던 어머니
난 알아요 나는 알아요 당신에 그 마음을
난 알아요 나는 알아요 당신에 그 사랑을
이제는 울지 마세요 울지 마세요
금의환향하오리다
무병장수하옵소서

국화꽃 사랑

기나긴 겨울 눈보라 속에 고요히 잠들다가
꽃바람 타고 피어나는 국화꽃 한 송이
물 한 모금 머금고 찻잔 속에 피어나던
국화꽃 사랑을 아시나요
가을 향 짙게 품고 찻잔 속 불나방 되어
다시 피는 국화꽃 사연을
그때는 몰랐어요 몰랐어요
소리 없이 피고 지는 국화꽃 사랑을
그때는 몰랐어요 몰랐어요
말없이 피고 우는 국화꽃 사연을
국화꽃 사랑을

물 한 모금 머금고 찻잔 속에 피어나던
국화꽃 사랑을 모르시나요
가을 향 짙게 품고 찻잔 속 불나방 되어
다시 피는 국화꽃 사연을
그때는 몰랐어요 몰랐어요
소리 없이 피고 지는 국화꽃 사랑을
그때는 몰랐어요 몰랐어요
말없이 피고우는 국화꽃 사연을
국화꽃 사랑을
국화꽃 사랑을

기러기 인생(아빠)

술 한잔 마시고 집으로 가는데
달빛에 흔들리는 그림자 하나
초라한 반지하 방 들어설 때
말라버린 손빨래가 내 마음 같아
나는 그만 울고 말았네
멀리 떠난 내 아내와 내 아이들
지금쯤 무얼 하고 살고 있을까
돌아보면 짧은 인생 인생인 것을
살다 보면 짧은 세월 세월인 것을
아아 인생이란 이런 건가요
나는야 기러기 아빠
나는야 기러기 인생

캄캄한 반지하 방 들어설 때
말라버린 손빨래가 내 인생 닮아
나는 그만 울고 말았네
멀리 떠난 내 아버지 내 어머니
지금쯤 무얼 하고 살고 계실까
돌아보면 짧은 인생 인생인 것을
살다 보면 짧은 세월 세월인 것을

아아 인생이란 이런 건가요
나는야 기러기 아빠
나는야 기러기 인생

젊은 날의 꿈

다시 일어나라 다시 뛰어보자 젊은 날에 꿈이여
인생길 걷다 보면 힘든 날도 찾아오겠지
인생길 살다 보면 웃는 날도 찾아올 거야
다시 일어나라 다시 뛰어보자
젊은 날의 꿈이여
아무리 힘들다 붙잡지 말아요
가는 길이 힘들다 울리지 말아요
하늘 향해 당당히 땅을 향해 당당히
젊은 날의 꿈이여
젊은 날의 꿈이여

다시 일어나라 다시 뛰어보자
젊은 날에 꿈이여
아무리 힘들다 붙잡지 말아요
가는 길이 힘들다 울리지 말아요
하늘 향해 당당히 땅을 향해 당당히
젊은 날의 꿈이여
젊은 날의 꿈이여

다시는 사랑 않으리

천년만년 살 것처럼 내 마음 가져 간 사람
이제 와 애원한 듯 무슨 소용 있나요
지나간 추억 속의 아픔인 것을
지나간 아픔 속에 추억인 것을
이제 와 떠난 사람 무슨 소용 있나요
사랑한다(사랑한다) 좋아한다(좋아한다)
그 말이 그리도 힘든 건가요
사랑한다 (사랑한다) 좋아한다 (좋아한다)
그 말이 그리도 어려운가요
사랑한다 (사랑한다) 좋아한다 (좋아한다)
그 한마디 말 못 하고 떠나간 사람
다시는 사랑 사랑하지 않으리

사랑한다 (사랑한다) 좋아한다 (좋아한다)
그 한마디 말 못 하고 떠나간 사람
다시는 사랑하지 않으리
다시는 사랑하지 않으리

사랑의 거리

바람이 불어오는 날에
당신이 내게 준 선물
하얀 원피스 차려입고서
단둘이 거닐던 거리
나 홀로 걸어 봅니다
추억이 숨 쉬는 거리
사랑이 넘치는 거리
하얀 벚꽃이 눈꽃처럼
입가에 입맞춤하면
그때가 그립습니다
그대가 보고습니다
사랑 사랑 사랑이 이런 건가요
사랑 사랑 이것이 사랑인가요
그때가 그립습니다
그대가 보고싶습니다

하얀 벚꽃이 눈물 되어
눈가에 흘러내리면
그때가 그립습니다
그대가 보고싶습니다

사랑 사랑 사랑이 이런 건가요
사랑 사랑 이것이 사랑인가요
그때가 그립습니다
그대가 보고싶습니다
그대가 그립습니다

그래요

그래요 그래요 그러지요
당신이 원하신다면 못할 게 있으리요
그래요 그래요 그러지요
당신이 내게 준 그 사랑 그 사랑
어찌다 잊으리오
저 하늘 별을 따다 저 하늘 달을 따다
당신께 받치오리
내 사랑 나의 사랑 내 사랑 나의 사랑
그래요 그래요 그러지요
그래요 그래요 그러지요

당신이 내게 준 그 사랑 그 사랑
어찌다 잊으리오
저 하늘 별을 따다 저 하늘 달을 따다
당신께 받치오리
내사랑 나의 사랑 내사랑 나의 사랑
당신이 내게 준 그 사랑 그 사랑
내사랑 나에사랑 내사랑 나에사랑
그래요 그래요 그러지요
그래요 그래요 그러지요

그러지요

그래요 그래요 그러지요

그래요 그래요 그러지요

농다리

세금천 굽이돌아 천년 세월 선인들에
삶과 얼이 살아 숨 쉬는 농다리 (예예예)
진천에 숨결이요 한민족 기상이라
자손만대 하나 되어 온누리 불 밝히리
봄여름 가을 겨울 다른 얼굴로
사진 속에 피어나는 작은 생에 파노라마여
뜨거운 내 가슴으로 춤을 추자

세금천 굽이돌아 천년 세월 선인들에
삶과 얼이 살아 숨 쉬는 농다리 (예예예)
진천에 숨결이요 한민족 기상이라
자손만대 하나 되어 온누리 불 밝히리
봄 여름 가을 겨울 다른 얼굴로
사진 속에 피어나는 작은 생에 파노라마여
뜨거운 내 가슴으로 춤을 추자
축배를 들어라 우리들 모두
축배를 들어라 우리들 모두
오늘을 신나게 춤을 춰 보자
(축배를 들어라)

어머니 당신과 함께라면

어머니 오늘은 당신의 날입니다
이렇게 좋은 날 가슴가슴 쌓인
근심 걱정 오늘은 모두 내려놓으시고
마음 가득 이 행복 이젠 영원히 영원히
맞이하소서 사랑합니다
어머니 당신과 함께라면...

아버지 오늘은 당신의 날입니다
이렇게 좋은 날 가슴 가슴 쌓인
근심 걱정 오늘은 모두 내려놓으시고
마음 가득 이 행복 이젠 영원히 영원히
맞이하소서 사랑합니다
아버지 당신과 함께라면...

돈타령

돈돈돈 돈이 문제다 돈돈돈 돈이 문제다
가진 사람 못 가진 사람 님에 얼굴 써있더냐
숟가락에 고기반찬 젓가락에 풀잎 한입
하루 세 끼 배부르면 너나 나나 매한가지
돌고 도는 인생 살이 무엇이 다르더냐
돌고 도는 세상살이 무엇이 다를소냐

돈돈돈 돈이 문제다 돈돈돈 돈이 문제다
어떤 놈은 땅 팔아서 서울에다 집을 사고
어떤 놈은 집 팔아서 시골에다 땅을 사고
이놈 저놈 팔아먹긴 우리 모두 매한가지
돌고 도는 인생살이 무엇이 다르더냐
돌고 도는 세상살이 무엇이 다를소냐

돈돈돈 돈이 문제다 돈돈돈 돈이 문제다
잘난 사람 돈 많아서 돈줄 따라 감방 가고
못난 사람 돈 없어서 돈줄 따라 감방 가면
사람 위에 사람 없고 사람 밑에 사람 없다
돌고 도는 인생살이 무엇이 다르더냐
돌고 도는 세상살이 무엇이 다를 소냐

돈돈돈 돈이 문제다 돈돈돈 돈이 문제다
돈돈돈 돈이 문제다 돈돈돈 돈이 문제다
돌고도는 인생살이 돌고도는 세상살이
돈돈돈 돈이 문제다 돈돈돈 돈이 문제다
돈돈돈 돈이 문제다 돈돈돈 돈이 문제다
돈돈돈 돈이 문제다 돈 돈 돈

굽은 등 넘어

활대처럼 굽은 등 넘어 내 삶이 태동하는 곳
가진 것 없다 해도 올곧게 살라던
무명으로 지내온 날들
이 생명 주신 지도 어느새 불혹의 세월
가슴에 시름만 안긴 채
태산처럼 높고 푸르던 당신 모습은
잔 주름 속에 여의어 가고
활대처럼 굽은 등 넘어 오늘도 노을이 진다

활대처럼 굽은 등 넘어 내 삶이 태동하는 곳
가진 것 없다 해도 올곧게 살라던
무명으로 지내온 날들
이 생명 주신 지도 어느새 불혹의 세월
가슴에 시름만 안긴 채
태산처럼 높고 푸르던 당신 모습은
잔 주름 속에 여의어 가고
활대처럼 굽은 등 넘어 오늘도 노을이 진다
오늘도 노을이 진다

편집후기

늘 자식 걱정에 밤잠 못 이루시는 이금순 내 어머니 사랑하는 가족들 항상 멀리 있어도 아낌없는 격려와 애정을 주시는 국제문화예술협회, 미링컨국제평화재단 김선 총재님. 한결같은 마음으로 초심을 잃지 않도록 심신을 잡아주시는 오만환, 채희인, 나순옥 선생님과 언제나 함께해온 진친문협, 열린문협 문우분들 고맙습니다.

아들 사랑 이상으로 문학의 길을 터주시고 항상 존경과 감사에 그리움으로 남아있는 고인이 되신 이내현. 홍종건. 송재섭. 정석호 전 전 회장님들…

항상 내 편에서 용기와 응원을 보내주시는 제천커피교육학원 김정합 원장님. 동행의 길잡이로 함께하는 필리스닝(음반. 기획제작)에 혼열의 열정과 정열을 쏟고 있는 김정필 대표님을 비롯한 저를 알고있는 모든 분들께 진심으로 감사에 마음을 전합니다

모두 모두 사랑합니다

'인생은 기다림의 여정'

2021년 신축년 저자 **김정기** 올림

인 쇄 2021년 7월 1일

발 행 2021년 7월 7일

지은이 김정기

발행인 함금태

편집인 윤무현

연락처 010-2406-5131

펴낸곳 (주)대한출판

주 소 충북 청주시 청원구 북이면 내수로 796-68

전 화 043)213-6761

메 일 cjdeahan@hanmail.net

ISBN 979-11-5819-074-3

값 10,000원

얼마나 무서워할까 하는 생각이 들더라.

그리고 이런 내 자신도 싫었고.

더 이상 그가 아무렇지도 않게

느껴지는 때가 오긴 왔어.

일이 바쁘기도 했고

설렘이 생기는 누군가를 만나기도 했지.

그러다 보니 시도 때도 없이 머릿속을 떠다니던

그의 전화번호도 잘 기억나지 않더라.

그런데 우연히도 그를 다시 만난 거야.

당황스럽긴 했지만 마음이 흔들리진 않았어.

더 이상 그가 그립지 않았거든.

그의 표정도 나와 같은 듯했어, 아무렇지 않은 듯.

이상하게 서운한 마음이 들더라.

문득 뒤돌아봤을 때

실은 나 주말마다 그가 사는 동네에 종종 갔어.

마주쳐선 안 된다 싶으면서도

한 번쯤 만났으면 하는 생각도 있었거든.

두 번 먼발치서 그를 봤어.

한 번은 슬리퍼 신은 그가

우울한 표정으로 편의점에 들어갔다 나오는 모습.

그땐 조금 기뻤어.

그도 나처럼 슬퍼 보였거든.

두 번째는 말쑥하게 차려입은 그가 지하철역 방향으로

천천히 걸어가는 것도 봤어.

활기차고 씩씩해 보였지.

누군가와 통화하고 있었는데

표정만으로도 꽤 즐거워 한다는 걸 알 수 있었어.

그리고 더 이상 거길 가는 걸 그만뒀지.

내가 이런다는 걸 그가 알면